KB251970

우리는 연인 5

우리는 연인 5

시아기획시집 008

우리는 연인 5

안창모 제5시화집

인쇄일 | 2026년 03월 03일
발행일 | 2026년 03월 19일

지은이 | 안창모
펴낸곳 | 도서출판 시아북(詩芽Book)
출판등록 | 2018년 3월 30일
주소 | 대전광역시 동구 선화로214번길 21(3F)
전화 | (042) 254-9966, 226-9966
팩스 | (042) 221-3545
E-mail | siab9966@daum.net

값 15,000원
ISBN 979-11-94392-66-8(03810)

시아기획시집 008

시아북
詩芽BOOK

우리는 연인 5

안창모 제5시화집

사랑의 성찬聖餐 앞에서

구재기(시인, 한국문인협회 부이사장)

시인이 한 편의 시를 쓰고자 한다는 것은 생에 대한 열정의 화염火焰이 타 오르는 가슴에서 깊이 뿌리를 캐나가는 일입니다. 이에 따라 치솟는 불길은 제 각기 전혀 다른 창조적 결실에서 한 폭의 선명한 색채로 비약하여 눈부신 그림 한 폭이 됩니다. 이 그림 속에서 불쑥 한 줄의 시가 일어섭니다. 이제까지 만나지 못하였던 새로운 신화神話처럼 우우우 몰려와서 수없이 많은 언어를 터뜨려지는가 싶다가도 문득 다시 돌아서면 한 줄의 시로 응고되어 구르는 투명한 유리구슬을 이룹니다. 아마도 그 속에서 '안창모'라는 화가는 시인이 되어 시를 짓는 펜촉을 날카로이 갈아세우고 있음이 분명합니다. 맥주를 따르는 행위가 어느 사이 사랑을 말하는 언어가 되고, 맥주를 마시는 행위가 문득 사랑을 확인하게 되고, 맥주와 함께 나누는 시간이 어느덧 사랑과 동일화同一化되고 있음으로 해서 『우리는 연인』은 우리에게 시가 가지는 사랑에서 최량最良의 향기를 느끼게 합니다.

그렇지만 사랑이란 우리에게 즐겁고 행복하게 하기 위하여 반드시 준비되어 있는 것은 아닙니다. 고뇌가 뒤따르는 것입니다. 오히려 끊임없이 밀려오는 고뇌로부터 뼈를 깎는 아픔보다도 더 깊은 인종忍從을 요구하기도 합니다. 그럼에도 불구하고 안창모는 「우연과 필연 사이」에서 가장 최선最善의 사랑을 보여줍니다. '우연히 찾아와/소리 없이 스쳐 지나가면/우연이 되고//우연히 찾아와/소리 내어 맴돌고 서성이면/필연이 된다.'면서 어떻게 사랑이 용해鎔解되고 있는가를 보여줍니다.

사랑은 성찬聖餐이므로 '내 손/꼭 잡아'(시 「자기야」)야 합니다. 단순하게 그냥 잡은 손에서는 사랑이 솟아나지 않습니다. '자기야'하면서 확신하는 목소리가 함께 할 때 비로소 사랑은 공글리게 됩니다. 그래서 마침내 「네 마음을 담는다」에서 버금하는 모습을 보여주듯이, '호수는/산 그림자를 담'듯, '이슬방울은/풀꽃을 담' 듯, '내 가슴은/네 마음을 담는다'는 것이 바로 사랑이라 할 수 있습니다. 스스로 상상할 수 있는 한限을 초

월超越해 엮어놓은 시들입니다. 시인 안창모가 언어의 조화로
움으로 노래한 사랑, 화가 안창모가 그려놓은 사랑의 감미로
운 색채야말로 온갖 고뇌를 망각하게 하는 최선最善의 사랑이
라 하겠습니다. 아무리 짙은 어둠이라 해도 「마음은」 하늘의
별을 바라보듯 '나도 그렇다/너도 그렇지'라면서 별빛으로
내려주는 사랑의 속삭임을 들을 수 있을 것이리라 확신해 봅
니다. 사랑의 성찬 앞에서 안창모가 펼치는 『우리는 연인 5』
의 어깨 위에 큰 빛이 가득가득, 눈부시게 번져나가게 되기를
바랍니다.

2026. 03.

별
·
·
달
·
·
산, 들, 구름, 강물
·
·
바람
·
·
풀꽃, 이슬방울
고라니, 사슴
그리고 당신
·
·
우리는 연인

2026. 03.

용인 기흥 마북산록에서 안창모

차례

제7부 고향의 설날

제1부

별이 쏟아지는 밤에

별이
쏟아지는
밤에
A.C.M.

A.C.M

I love you
I love you
2023.

설레임

사랑스런 그대
다가가면
더 설레이고
무슨 말을 해야 하나

어쩌면 좋아

우리는 연인

나
너
많이
보고 싶었어

그랬었니
나도
너
많이
보고 싶었지

내 마음

기약도 없고
소식도 없고
그래도 하루 종일 네 생각만
보고픈 마음이다

전화가 올까
카톡이 올까
셀폰 바라보고 바라봄은
그리운 마음이다

예쁘던 얼굴 변했을까
내 이름도 잊었을까
그대 이름 불러보고
사랑하는 마음이다

* 내마음: 지은경 저 『마음에 평안을 주는 시와 산문』 2025 제14집에 등재시

가련한 작은 새

계룡산 시골 산자락
반포중 1학년 담임 시절에
동학사 여승 절에서 학교 다니는
가엾은 작은 새
부모가 누구 인지 모르는 채
여승 절 뜨락에 버려져
키워진 학생

부모님이 그리웠나
하루는 이 친구 하루는 저 친구
친구 집 따라가 잠자며 슬픈 심정 달래고
여승 절 주지스님
며칠째 집에 오지 않았다고
학교 찾아왔네

어느 날 그 절도 떠났다는 슬픈 소식
가엾은 작은 새 그 어린 것이

어느 하늘 아래 먹고 자고 하려나
공장에 갔다든가
결혼하여 애 데리고
인사차 절에 찾아왔다든가
떠도는 소식 분분하고

지금은
어느 곳에 사는지
어떻게 사는지
보고픈 가엾은 작은 새
잊을 수 없네

예쁘구나 예쁘구나

채송화는
설빔 색동옷 입고

튜울립은
붉은 립스틱 바르고

백합꽃은
웨딩마치 흰 드레스 입고

달맞이꽃
달밤에 강강수월래 하고

함박꽃은
함박웃음 웃고 있고

너희들 멋쟁이들
예쁘구나 예쁘구나

유년에 추억

무더운 한 여름 오후 학교 갔다 오는 길
산 오솔길에 땅개비 아이고!~ 불쌍해라
다리 한 짝은 어디에 두고 날지도 못하고
질질 끌며 디뚱디뚱 누군가에게 밟혔었나
맴씨 까만 까마귀 습격
허겁지겁 피하다가 다리 다쳐 잃었나

아이고!~ 불쌍해 이 녀석
이러고 있다간 뱀이 나올지도 모르는 데
손아귀 사알작 사알작 쥐고 집으로 데려 왔네
접시물 먹여도 보고
울 엄마 풀 섶에 놓아주라고 하네

어쩌나 가엽은 새끼 불쌍한 새끼
어쩌나 어쩌나 하며 놓아주었네
질질 끌며 디뚱디뚱 가는 모습 바라보았네
한참을 바라보았네

내가 사랑한 여자

내가 사랑한 그녀
풀꽃 같은 여자
저만치 홀로
외로워 보이는 여자

그래서 난 그녀를
좋아했어요

강가의 갈대

강가의 갈대
울고만 있네
자기에 사랑도
강물처럼 흘러가고
다시는 되돌아올 수 없다고

훠이훠이 머리 저으며
울고만 있네

사랑의 언어

순희야 저녁은 먹었니
먹었찌이~
뭘 먹었는데
음~ 그냥 국에다 밥 말아 먹었써~어

음~ 그랬었구나 알았써~어
그럼 내일 또 전화할게
좋은 꿈 Good Night

미스 김에게

미스 김 당신은 우리 회사 둥지에
웃음꽃 아가씨이었어요
- 사랑합니다-

미스 김 당신은 이제 우리 곁을 떠날지라도
그대가 준 정 잊지 않을게요
- 사랑합니다 -

미스 김 당신은 어느 곳에 살더라도
축복 가득 받을 거예요
- 사랑합니다 -

친구여

친구가 보고 싶다
물어물어 수소문 끝에 전화번호를 알아
몇 년 만에 전화를 걸었다
받지 않는다
며칠 후 또 걸었다
그래도 먹통이다

무슨 일이 있나 걱정이 된다
부디 별일 없기를……
무소식이 희소식이라고
애써 생각을 해보았다

그 이름

“아무리 우겨봐도 어쩔 수 없네 ~
　오늘 밤도 그렇게 울다 잠이 든다”

내가 젊어서 즐겨 부르던 노래 ‘개똥벌레’
그 이름 반딧불이란다

반딧불 너는
한 여름밤에 별이었는데
우리 친구로 함께 놀았는데
하필이면 개똥벌레로 불리어질까
싫어

햇살 같은 너
이슬 같은 너
난 너를 반딧불이라고만
부를 거야 부를 거야

착각의 행복

사르비아 꽃
사랑에 미쳐 눈이 멀어 붉게 타고 있다

장미꽃
자기가 최고라고 웃고 있다
뽐내고 있다

호박꽃
장미꽃을 보며
별것도 아닌 것이
뽐낸다고 비웃고 있다

꽃들은
다 그런가 보다
자기가 최고라고 피는가 보다

나도 그렇다

제2부

우리 부부는

우리 부부는

세상은
넓기도 하고
볼 것도 많다 는데

노래 가사에
"바보처럼 살았다"
있다

나도
바보처럼 살았다
아내도
내 곁에서 바보처럼 살았다

우리는 연인
행복했다

우 리 순 연 이
I love you
2023
A.C.M.

사랑의 묘약

남자는 자고로

입이 무겁고 박력 있고 용감해야

멋져 보이고

사나이다워 보인다고

그래야 미인을 차지할 수 있다고

돈키호테 연출을 했습니다

먹쇠는 이진사 댁 무남독녀 외동딸 마지하고

바보 온달은 평강공주 마지하고

먹쇠와 온달은

바보처럼 손 흔들고 웃기만 했다는데

그랬다는데

왜 난 몰랐을까 그 쉬운 것을

우연과 필연 사이

우연히 찾아와

소리 없이 스쳐 지나가면

우연이 되고

우연히 찾아와

소리 내어 맴돌고 서성이면

필연이 된다

그녀

정
:
말
:
로

정말로

내
:
가

좋아했던 여인
풀꽃으로 다소곳이
찾아온 여인

사랑의 늪

어제는
내가 그녀 손을 먼저
잡아주지 않았다고
그녀는 삐졌다

오늘은
그녀가 내 손을 먼저
잡고 있던 손 놓았다고
내가 삐졌다

어쩌다

생각이 나겠지

둥근달을

바라보며는

* 패티김 노래 「이별」 가사 편곡

그대는

그대는
제비꽃
신데렐라 공주

우리는 연인

이슬방울
햇살
아침을 열고

달님
별님
밤 마중 나오고

우리는
손잡고
숲길을 걷고

우리는 연인

산 스케치

저 바위는 산이 좋아
산에서 살고 있을까

저 산나리는 산이 좋아
산에서 꽃피울까 살고 있을까

산바람은 산이 좋아
산에서 불고 있을까

저 푸른 하늘바다 산이 좋아
산위에 떠있을까

저 흰 뭉게구름 산이 좋아
산위에 떠있을까

저 오두막집 산이 좋아
산 위에 살고 있을까

너는

산새들은
온 숲속 제 집인 냥 뛰놀고
애들은
저 들판 제 땅인 냥 뛰놀고

너는
내 마음 밭 제 집인 냥
들어와
잠자고 있네

그녀

내가
사랑한 그녀
백의의 천사

하이얀
눈 속에 핀
설란 같은 그녀

* 백의의 천사: 간호원

초롱꽃

언니가
좋아하던 초롱꽃

언니가
시집가던 봄날 밤
장독 뒤에 숨어 울었답니다

올해도
언니 기다리며
장독 뒤에 피는 초롱꽃

사르비아 꽃 피우는 것은

오동도 동백꽃은
애틋한 이별
붉은 꽃잎 떨구고

선운사 상사화는
만나지 못하는
한 많은 사연 붉게 타지만

당신의 마음 밭에
사르비아 꽃 피우는 것은
원 없이 태양가슴 붉게 타는 사랑
그런 사랑 한 번
해보고 싶다는 뜻이겠지요

저도 그런 사랑 한 번

해보고 싶어요

* 사르비아 꽃말: 불타는 사랑

붉타는 사랑
세르비아
A. C. M.

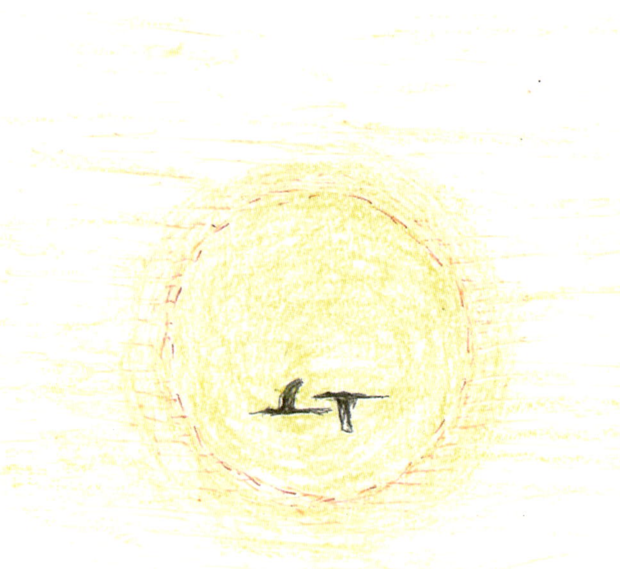

둘이라면
외롭지 않아

제3부

보고픈 아내

보고픈 아내

우리는
눈이 멀어 연애를 하고

밀레의 저녁 종
부부가 되고
그렇게 행복했는데
천사들이 시기했어요
데려갔어요
꿈에라도 찾아와
볼 수 있으면 좋으련만

마음은

누구나
예쁜 여자를 만나
연애를 하고 싶고

누구나
멋진 남자를 만나
연애를 하고 싶고

나도 그렇다
너도 그렇지

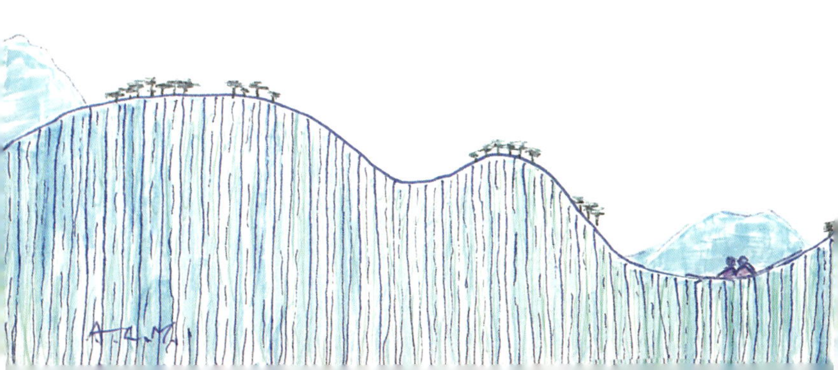

행복한 세상

꽃이 아름다운 것은
저마다 뽐내며 피기 때문

당신이 화장을 하고
옷매무새 매만지고
뽐내며 길나서는 것은
이 세상을 밝게 하는
아름다운 마음

그래서 세상은 아름다워지고
우리는 행복한 세상

사랑 찾기

사랑은 주고 싶은 것

립스틱루주 선물도 하고
장미꽃 한 아름 안겨도 주고
하트커피도 사주고

사랑은 받고 싶은 것

전화 오려나
카톡 오려나
신데렐라 유리구두 사주려나
러브반지 사 오려나

어느새
마음도 주었네
마음도 받았네
행복이여라

아버님 말씀 그 한마디

말 한마디로 천냥 빚을 갚는다
라는 말이 있습니다
내게는 그런 말 있어 행복합니다
잊을 수 없는 말 간직하고 사는 말

설레임 가득 안고 물어물어 그녀 집 찾아가
어른님께 넙죽 절 인사드리고
이런저런 말씀에 대답도 하고
어머님 차려준 점심도 맛있게 먹고
예고도 없이 찾아와 무례한 인사 죄송합니다
이제 그만 가보겠습니다

"애야 선생님 가신 단다 인사드려라"

천냥 빚 갚을 일도 없는데 천금 같은 말씀
평생에 단 한 번 뵙고 아버님이라고 부르는
아버님의 말씀 그 한 마디

지금도 귀가에 또렷하게 들려오는 말
잊을 수 없는 말 간직하고 사는 말
자꾸만 생각이 나네

그리운 정

정이란 함께 하며 지내면 정이 드는 것
자주자주 오래오래 지내면 정 깊어지는 것
그래서 고향 친구 고향 산촌 그리운 것

객지로 떠도는 삶 이집 저집 이사도 자주 하고
직장 따라 이곳 저곳 옮기고 옮기고

오늘도 내 인생 하루는
전철 타고 이역 저역
문 열리는 듯 문 닫치는 듯 스쳐 지나가고

오늘도 내 인생 하루는
기차를 타고 이역 저역 간이역
정줄 새 없이 정들 새 없이 스쳐 지나가고

고향집 감나무에 까치가 와 있으 려나
고향 친구들 어느 곳에 살고 있는지
그리운 정 보고파라 보고파라

등대

밤은 깊고
파도는 높고
길 잃은 배 하나
그리운 고향 항구
등대 찾아 가물가물

그대여
내 불빛 보이자 않나요
날 찾아와주오
어디에 있는지
보고픈 그대여

미워하고 사랑하고

강산도 변하고
인생도 다 가는데
그저께도
어제도
부질없는 일이라고
생각했는데

오늘도
또다시
생각하고 있는 나
미워~ 미워~ 미워~

풀꽃 고백

내가 다시 태어난다면
절세미인 양귀비꽃으로
태어나
립스틱루주도 바르고
실크 스카프 목도리도 하고
멋쟁이 뾰쪽 구두도 신고
붉게 타는 사르비아 사랑

그런 사랑 한 번
해보고 싶어요

* 사르비아 꽃말: 불타는 사랑

우리는 연인

우리는
맥주잔에 맥주를 따르며
맥주잔 속에 사랑도 따라 채웠네

어느새
사랑은 방울방울 떠오르고
넘쳐흐르네

우리는
밤 깊어 가는 줄 모르고
사랑을 마셨네

그대 내려와 있으려나

"산 너머 남촌에는 누가 살길래
 저 하늘 저 빛깔이 저리 고울까"
노래도 있고

어느새
나도 모르게
남쪽 하늘 바라보고 있네

먼 먼 남쪽
알프스 황간령 산기슭에
그대 살던 고향집

오늘은
추석 한가위 명절 둥근 보름달
그대

내려와 있으려나

있으려나

* 산 너머 남촌에는 ~ : 작시 김동환

어느 시인의 말

시는 아무나 쓰는 것이 아닙니다
죽기 살기로 하는 일입니다
그리고 더 중요한 것은
마음이 여리고 곱고
남을 먼저 생각하는 마음으로
배려하는 사랑하는 마음이 있어야 합니다
만물도 여리게 사랑하는 마음으로
바라보아야 합니다

그런 마음
시 쓰는 마음입니다
화가 소설가 성악가 예술가 ~~~,
모두 가자가 붙어 있지만
시인은 인자가 붙어 있습니다
시를 쓰기 전에
사람이 되어야 한다는 뜻이랍니다

내 마음이 그러 길 바래 봅니다

그래서 당신 마음 가까이 다가갈 수 있는

좋은 시 한편 쓸 수 있다면

더없이 기쁘겠습니다

* 어느 시인: 나태주

― 기러기 ―

기럭
기럭
기러기

어디로 가나

민들레야

우리 집 담가에
언제부터 인가
피는 민들레
올해도 피었구나

일편단심 민들레야
노래가사처럼
기다리고 기다리는
슬픈 민들레

올해도
피었구나~ 피었구나~
그토록 나를 사랑했었구나
미안해
이제는 내가 너를
많이 많아 사랑해 줄게

빈 항아리 독백

내 집에는
무녀리 같은 된장이 찾아와 살다 가고
그 다음 해에는
성격이 불같은 고추장이 살다 가고
그 후에는
마음씨가 까다로운 간장이 찾아와 살았어요
그때는 뚜껑 지붕도 덮여져 있어
비가 와도 눈이 와도
행복했는데

어느 해부터 인가
된장도 고추장도 간장도
어디로 이사 갔는지 보이지 않고
지붕 뚜껑 태풍이 아사 갔는지 보이지 않고
사라진 지붕 위로 보이는 텅 빈 하늘엔
흰 구름만 무심히 흘러갔어요

된장이 고추장이 간장이 함께 살던 그때는

행복했는데 행복했는데

꿈엔들 잊으리오

꿈엔들 잊으리오
그리운 내 고향
산촌 초가집

감나무엔 까치가 놀러 오고
싸리문 울타리 꽃밭에는
분꽃 봉선화 채송아 꽃 피고

두레박 우물 물속엔
흰 구름 떠있고
달도 뜨고
별도 뜨고

그리운 내 고향
산촌 초가집
지금은
산토끼가 놀다 가려나

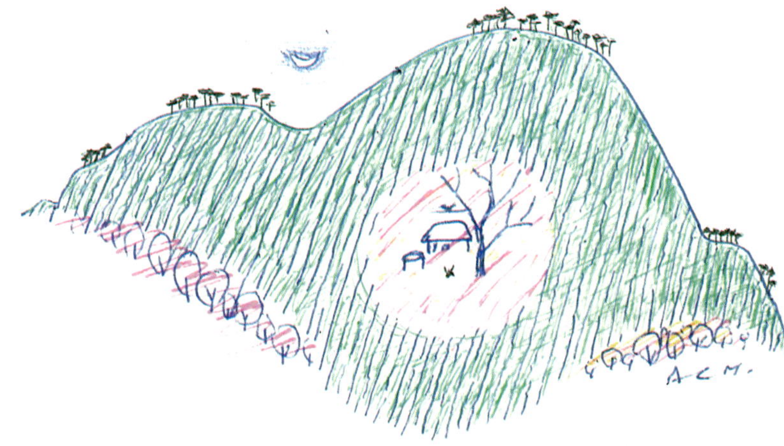

꿈엔들 잊으리오

그 곳에는

그 곳에는

당신이 사는 곳
저 높은 곳
그곳에는
꽃들이 가득 피나요
겨울에는
함박눈도 오나요
당신이 잠자는 방은
따스한 가요

미워 미워 미워

긴 긴 세월 그리움에

기약 없어도

꽃봉오리로

오늘도

피어나는 그대

미워 미워 미워

인생은

인생은 댄스
바람이 춤추듯
그러다
가는 것

우리
춤을 추어요

그대 그리고

나

A.C.M.

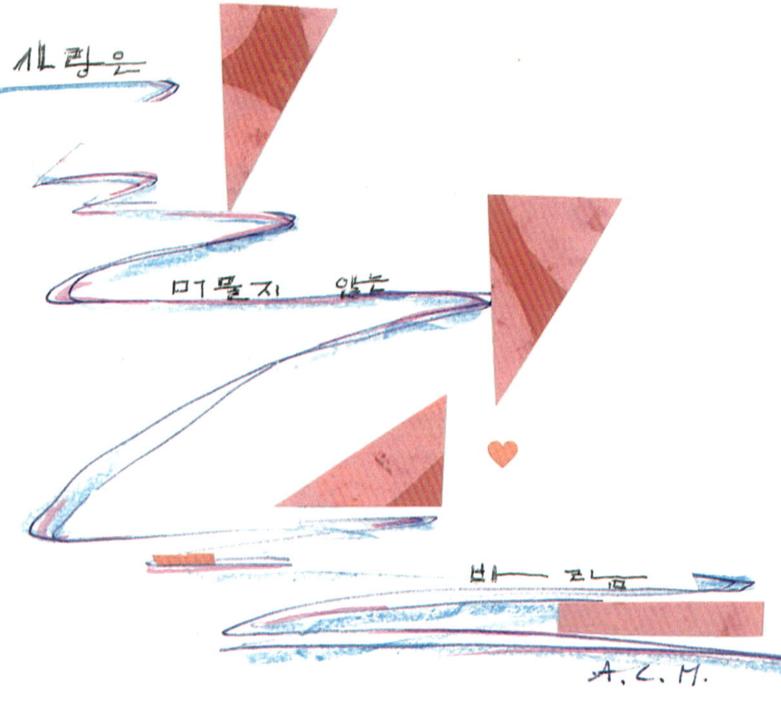
사랑은
머물지 않는
바람
A. C. M.

군자란 외출

멋쟁이로
젠틀맨으로
폼을 잡고 싶어
정장 차림에
나비넥타이 매고
백구두 신고
목 스카프 두루고
길을 나섰다
댄스파티에

걸 벗
너 에
버 에
땅 위

당신은 나에 길벗

인생은 나그네 길
당신은 나에 길벗
외롭지 않아

둘이 함께 라면

어느 판사 왈

임은 떠나가고 편지해도 답장은 없고
사랑앓이 너무 아파 판사님께 물었어요
이별에 인사 없이 떠난 우리 사랑
아직도 유효한 가요

그래요
good bye 인사도 없었다면
추억도 남고 그리움도 있을 테고
그래서 당신 사랑은
유통기간이 없습니다

그럼 제 사랑앓이 약은 무엇인가요
당신은 행복한 고민을 하는군요
저도 한 번만이라도 그래봤으면
소원이 없겠소이다

그 리 움

비 오는 날은 더 보고 싶다

비 오는 날은 더 보고 싶다
창밖을 바라보고
소식 없는 막막함
미련한 기다림
야속한 마음
그냥 그렇게
생각에 생각에
쓸쓸한 눈물 두 뺨에 흐르고
초라한 내 모습 눈물에 젖으리라

창가에 그리움은 빗물로 흘러내리고
빗물은 그리움으로 흘러내리고
탁자 위에 커피 잔도 내 마음같이
외로이 쓸쓸히
추억에 숲길 서성이리라

"비오는 날은" 그리움은
빗물로 흘러 버리고
비오는 날은
네가 더 보고싶다
창가에서
A.C.M.

첫사랑

미대를 다니며 연극 서클로 바쁜 오빠
바람에 머리카락 날리면
멋진 오빠 알랑드롱 배우가 되고

가난이 죄 인가 진학도 못하고
내 작은 꿈 안고 장미꽃 아름다운 오빠 집에
가사도우미 아르바이트 둥지를 틀었습니다

오빠 방 옷 정리 책꽂이 정리 책상 정리
장미꽃 꺾어다 꽃병에 꽂아 놓기도 하고
오빠는 집 오는 길 붕어빵 호빵 사 오고
가끔은 내가 좋아하는 초코커피도 사 왔어요

어는 날 초코커피 먹으며
나는 설레임에 작은 새되어 떨고 있었어요
오빠는 커피 먹고 있는 내 모습 바라보며
웃고 있었어요

먼 곳에
그대
A.G.M.

자기야

자기야
내손
꼭 잡아

" 꾹잡아 "

꽃들의 미스코리아 콘테스트

채송아 연지 곤지 찍고 나오고
봉선화 붉은 루주 짙게 바르고
백일홍 옥구슬 화관모 쓰고
여러 다른 꽃들도
제 멋인 냥
온갖 멋 뽐내며 나왔어요
미스코리아 콘테스트
심사위원들 눈은 뿅 가고
아리송아리송 시간은 가고
관객들은 심사평 기다리다
잠들어 버렸어요

제5부

풀꽃

풀꽃

저만치 외로운 풀꽃

울고 있었다

잠자리가 날아와 달래주고

바람이 불어와 달래주고

나도 사알작 다가가 달래 주었다

애~ 풀꽃아 울지 마

난 네가 좋아

우리 친구 할까

풀꽃은 방긋 웃으며

내 손 잡았다

그녀의 편지

책갈피 속 감추어 둔
아주 오래전
그녀가 보낸 편지
꺼내어 읽어 본다

"………

……… ………

　부디 행복하세요"

지금은 어디에 살고 있는지
서글픈 마음에
읽고 읽노라면
그녀는 말하는 것만 같다

"~씨 제가 그렇게도 예쁜가요
　그렇게도 좋은가요"

풀꽃

애~ 풀꽃아

넌 왜 웃기 만 하니

응 ~

오빠가 날 좋아하니까

엿장수는 어디로 갔나

보릿고개 유년 시절
찰캉찰캉 헌 고무신 빈 병 가지고 와요
짤캉짤캉 헌 냄비 놋쇠 그릇 가지고 와요
쩔컹쩔컹 고추씨도 받아요
머리카락도 받아요

엿장수 나타나면 우리 눈은 휘둥그레지고
마루 밑 뒤져 보고 광문도 열어 보고
뒤란 모퉁이 가보고 변소 재간도 가보고
아저씨 이 고무밧줄 되나요
에이 별거는 아니지만 이리 줘봐

엿장수는 엿판 위에 주걱 쇠 대고
가위 손잡이 뒷모서리로 처
탁각탁각 엿을 자르네
에그머나 아저씨 엿 너무 쬐그매요
조금만 더 주세요

도토리만큼 더 주면서

집 한바퀴 더 돌아보라 하네

돌고 돌아도 아무것도 없네 보이지 않네

보고픈 그대

고향 가는
경부선 열차에서 만나려나

전철에서 만나려나
신호등 교차로에서 만나려나
인사동 거리에서 만나려나

파리 세느강
미라보 다리에서 만나려나

울지 마세요

그대 울지 마세요
나도 많이 울었지만
울면 서러워요
울면 더 서글퍼져요

불쌍한 그대
가엾은 그대

그리움

비 오면 서글프고
눈 오면 그립고

그렇게
사는 것

길 잃은
아기 사슴
먼 산 바라보는 것

석양 노을에

어쩌다 세월이
이만치나 지났을까
어쩌다 여기까지 왔는지
저 노을 저렇게 아름다운데
우리 이제라도 만나면
저 노을처럼 행복할 텐데
어느 곳에 살고 있는지
잘 있는지~

석양 노을이   그리운 그대.
A. V. M.

한나절 다 지나가는데

무남독녀 외동딸 시집보내고

오손도손 우리 둘이는 잘 지냈었는데

어느 날 갑자기 먹구름 밀려와

당신을 데려갔어요

오늘은 명절 설날 이웃집은 시끄러운데

한나절 다 지나가는데

우리 딸내미, 사위는 언제 오나

오고 있으려나

자꾸만 동구 밖 바라만 보았네

다 지나가는데

A.C.M.

내 고향 남쪽 바다

남풍바람
불어오고
파도소리
들려오고

내 고향
남쪽 바다
그리운 고향

남풍바람
불어오면
가고파라
가고파라
그리운 고향

내 고향 남쪽 바다

가파도

청보리 넘실거리는
제주도 가파도는
가고프면 가면 되지만

내 마음에 섬 가파도로
풍선편지 띄워 보내면
무심한 바람 소식
비껴간 인연
이제 그만 잊으라 하네

가고파도 못 가는 섬
내 마음에 섬 가파도
잊으라 하네

인생은

인생은
편도차표

그 이름
구름
강물
흘러가는 것

인생은
간이역
스쳐 지나는 것

꽃봉오리로 피어나는데

꽃씨를 심고

물을 주고

꽃봉오리 피어

행복했는데

어느 날 갑자기 먹구름 밀려와

데려갔어요

아~ 소중했던 사랑

한여름 밤에 꿈

서글픈 사랑

아직도 가슴속 꽃씨는

꽃봉오리로 피어나는데

눈이 내리면

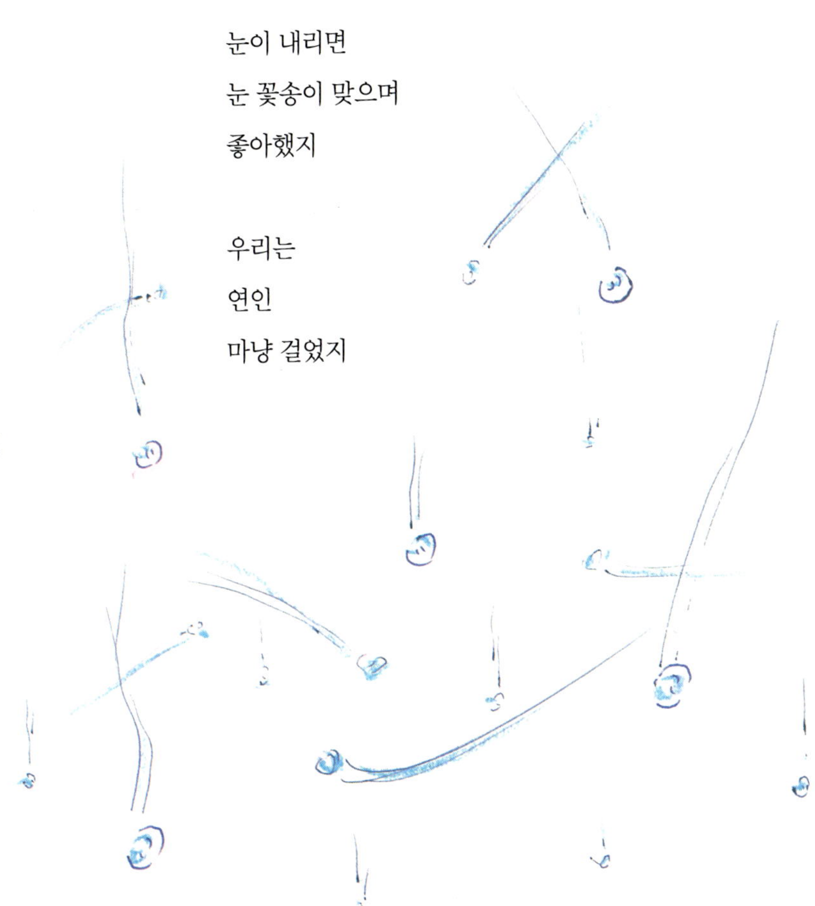

눈이 내리면
눈 꽃송이 맞으며
좋아했지

우리는
연인
마냥 걸었지

제6부

슬픈 라일락

슬픈 라일락

라일락 꽃말은
첫사랑 젊은 날의 추억
라일락 꽃그림 편지지에
사랑한다 보고 싶다 띄워 보냈지
그리움은 구름으로 강물로
하염없는 세월 얼마나 흘려보냈나

창밖에 라일락 꽃 피었네
봄비에 울고 있네
해마다 피었건만
오늘따라 그리움 슬픈 아픔 되었나
주룩주룩 봄비 야속했나
하염없이 울고만 있네

그리움

생각하면 무얼 해
미련인 줄 알면서도
어느새
또 생각

갈 수 없는 곳
알면서도
생각에 생각에
또 생각

장미축제에서

장미꽃 축제
백만 송이 천만 송이 만만 송이
형형색색 장미꽃들 뽐내고 있네
친구들은
예쁘구나 예쁘구나
웃음꽃 가득 만져도 보고
수다도 떨고 사진도 찍고 정신없는데
나는 슬픈 작은 새

나를 좋아한다고 장미꽃 들고 와
가끔 가끔 찾아와 프로포즈하던 그 남자
생각이 나네 자꾸만 생각이 나네
이제는 내가
저 붉게 타는 장미 꽃다발 들고
찾아가면 안 되려나 받아 주려나
찾아가고 싶네
찾아가고 싶네

푸로포즈 하던 그 남자

대답이 없네

아내가 여고를 졸업하고
막 꽃봉오리로 피어날 때
우리는 서로 반해 눈이 멀어
사랑의 늪에 빠졌어요
그리고 결혼
많은 사람들 축하 속
기러기 둥지로 살콩살콩 사는데
갑자기 먹구름 밀려와
데려갔어요

아~, 사랑이란 다가가면 달아나는 것
외출하고 집에 돌아와 현관문을 열며
"여보 나왔어" 불러보지만
대답이 없네~

사랑하고 있나봐

나무들은 서로
햇살 받아 나누어 주고
나무들은 서로
눈비 바람 받아
함께 나누어 먹고
어제도 오늘도
함께 곁에 있고
팔 벌려 손짓하며
속삭이고
서로 사랑하고 있나 봐

네 마음을 담는다

호수는
산 그림자를 담고

이슬방울은
풀꽃을 담고

내 가슴은
네 마음을 담는다

HEART
A.C.M.

우린 너무 쉽게 헤어졌어요

최진희 노래
"우린 너무 쉽게 헤어졌어요
　한 번쯤 우리 만나 생각해 봐요"
가사 있어요

그래요
우리 한 번 다시 만나면
만나는 날 있다면
그때는
나 얼마나 그대 사랑했는지
말하고 싶어요
우린 너무 쉽게 헤어졌어요

우리는 연인

왜 혼자서 공원길 걷고 있나요

외로운 가요

심심해서 나왔나요

말 좀 해봐요

어디에 사시나요

같이 걷고 싶으면 서도

대답 않는 그대는

말하고 싶으면 서도

그냥 있는 그대는 바보

말 좀 해봐요

꽃들의 수다

난 백일 동안 꽃피는 백일홍이야

그래 난 향기가 백리까지 퍼지는 백리향인데

그래 난 천일 동안 꽃피는 천일홍이다

그래 난 만년까지 사는 만년초다

여보셔들 그만 떠들어

내는 꽃 없어도 애기 잘 낳는

무화과 무화과 꽃이다

할 말 있으면 말해봐

없찌~~~

흰눈을 좋아하던 그녀

겨울이면
펑펑 쏟아지는
흰 눈을 좋아하던 그녀
흰 눈 가득 덮인 산야 언덕에
그림 같은 오두막집 짓고
살고 싶다 던 그녀
흰 눈 덮인 겨울 산을 좋아하던 그녀

직금은 어느 곳에 살고 있나
아파트 빌딩 숲에 살고 있나
가끔은
어쩌다는
흰 눈 펑펑 내리는 깊은 밤
추억 속 그리움에
흰 눈 가득 덮인 산야 언덕에
그림 같은 둥지 집
꿈을 꾸려나~~~

튜울립

이제나
저제나
긴긴 기다림
이었는데

당신은
세월의 동면을 깨고
새벽 길 단장을 하고
찾아오셨구료
그대

동면을 깨고

향수

LA에 가면

영어 못해도 한국인 많이 살기에

무얼 해도 먹고는 살겠지

여기보다는 낫겠지

LA에 와서

밤을 지새우며

세탁소도 하고 떡방앗간도 하고

어느새 칠순이 되었네

고향에 사는 친척들 친구들 잘 있겠지

내가 살던 집 그대로 있나

봉선화도 피어있나

장독대도 그대로 있나

광식이도 많이 늙었겠지

순희도 잘 있으려나

살아생전에 한 번쯤 가볼 수 있으려나
갈 수 있으려나

어젯밤 꿈속에 고향집 감나무에
까치가 까악 까악 울고 있었네

오월이 오면

오월은 장미의 계절
오월에 만난 그녀
난
당신을 장미라고 부를래요

울안 꽃밭에
장미 가득 심고
해마다
오월이 오면
붉게 타는 사랑
장미꽃 Party 열 거예요

그리고
장미꽃 공주
당신을
초대할 거예요

네가 있음에

네가 있음에
비가 와도 좋아
눈이 와도 좋아
꽃들은 피고
새들은 노래하고

네가 있음에
바람 불어오고
별님도 좋아하고
달님도 좋아하고
나도 좋아하고

고향의 설날

고향의 설날

태평양 바다 건너 먼 곳
마음 두고 떠나온 곳
그리운 고향

저 배는 어디로 가나
저 비행기는 서울에서 오나
흰 구름만 보아도 그리운 고향

오늘은 고향에 설날
친구들도 내려왔나 순희도 내려왔나
고향 집 장독대엔 분꽃도 피고 봉선화도 피고
뒷동산 부모님 산소엔 산딸기도 익었겠지

오늘은 고향에 설날
소주 한 잔 따라 놓고
두 뺨에 눈물
죄송해요 미안해요

아버지 어머니 부르고 부르며

울기만 했네~~~

달님은 산 숲에 잠들고

별님은

은하수 강에 잠들고

달님은

산 숲에 잠들었는데

나는

깊은 밤

잠 못 이루고

그대

내 생각 하고 있으려나

달님은 산 숲에
잠들었는데

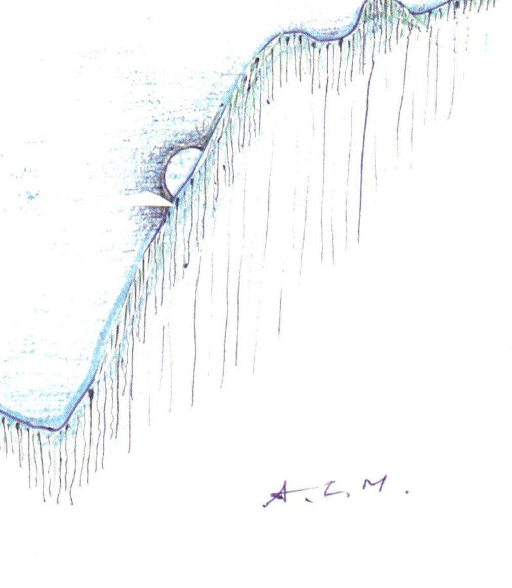

두고 왔는데

네 가슴에
장미꽃 한 아름 두고 오며
내 마음도 두고 왔는데

예쁘던 얼굴 변했을까
내 이름도 잊었을까

네 가슴에

그리움

내가 젊어서
심한 사랑앓이를
한 적이 있었다
무척이나 좋아했었다
그리운 추억이다

내가
누군가에게
그리운 사람이 되고 싶다
그러면 얼마나 좋을까
얼마나 좋을까

사랑의 언어

순희야
빨리 나와
왜
음~ 아이스크림 사줄게
빨리 나와
응~ 알았어

스쿠러지와 노숙자

야 이놈 노숙자 놈아

너는 일은 안 하고

손만 내밀어

공돈 벌어

에그 망할 놈

그렇게 살다 죽어라

네 이놈 스쿠르지야

그래 그래

네놈은 죽도록 일이나 해라

돈 두었다 써 보자도 못하고

눈도 감지 못하고

죽을 놈아

에그 바보 같은 놈

그렇게 살다 죽어라

인생

"인생은 나그네 길
　… … 미련일랑 두지 말자"
노래도 있고

인생은 미완성
"그래도 우리는 곱게 써 가야 해"
노래도 있고

알 수가 없네
인생은?

* 인생은 … 두지말자: 최희준 노래 하숙생
* 인생은 … 써가야해: 조영남 노래 인생은 미완성

우리는 연인

바닷가에
우리
오두막집 짓고 산다면

갈매기들도 부러워할 거야
파도들도 부러워할 거야

알프스 소녀 아가씨 별

1

아주 먼 옛날 알프스 산기슭에
오두막집에
예쁜 소녀 아가씨
무남독녀 외동 딸
살았답니다

어느 날 알프스 산정을
등반하던 총각이 길을 잃고
눈보라에 헤매다 깊은 밤
가까스로 오두막집에 이르러
기절했습니다

2

눈보라 속 이상한 꿈을
노부부는 같은 꿈을 꾸고 깨어나
이상하게 여기고 문밖으로 나와 보니

젊은 총각이
의식을 잃고 쓰러져 있었습니다
서둘러 방에 들여와 눕히고
방을 따뜻하게 군불을 지피고
산약을 먹이고
정성을 다했습니다 노부부는

삼 일째 되던 날 총각은
의식을 되찾고 눈을 떴습니다
예쁜 소녀 아가씨가
자기 손을 잡고 있었습니다
아! 저렇게 예쁜 소녀 아가씨가
하늘에 천사 인가

3
총각은 고국으로 돌아왔습니다
그리고 정성스런 예쁜 편지를 써 보내고
선물도 곱게 싸서 부쳤습니다
그러나
답장은 소식은 오지 않았습니다

무심한 바람만 구름만 흘러 갔습니다
총각은 사랑앓이 병이 들었습니다
바보 멍청이가 되었습니다

4
하늘에 하나님은
멍청이 총각이 불쌍하게 여겨졌습니다
그래서
밤마다 멍청이가 꿈을 꿀 때면
소녀 아가씨는 별이 되어 총각을 만나게
해주었습니다

지금도 세상 사람들은 그 별을
알프스 소녀 아가씨 별이라
부른답니다

외로운 너

풀꽃

한때는
화려한 부잣집 정원에서
살고 싶었던 너
아무도 찾지 않는
외딴곳에 피는 너

더러는 산새들이 놀다 가고
바람이 찾아와 달래주고 가지만
방긋이 웃지 못하고
수줍게 피는 꽃

이름도 없어
풀이니까 풀꽃이라 부른다는 꽃
쓸쓸히 피는 꽃
외로운 너

나는 그대를 사랑합니다

풀꽃

애 풀꽃아

너는 왜 울고 있니

응~ 오빠가

간다는 말도 없이 가버렸어

* 오빠: 잠자리

풀꽃

오빠야
어제는 뭐 했어
음~ 흰구름 타고
하늘 바다 서핑했지

오늘은 뭐 할 건데
음~ 너하고 놀아야지
요 귀여운 맹추야

* 오빠: 잠자리
* 맹추: 바보 풀꽃

쓸쓸한 테라스에 앉아

그렇게도 좋아했던
임은 떠나고
매미들은
소슬한 바람에 떠나고
풀꽃들은
겨울이 오기 전에 떠난다 하고
낙엽들은 하나 둘 어디론가 떠나고
외로운 나뭇가지

테라스에 커피잔은 식어 가고

허허한 내 마음 아는지
바람이 찾아와 달래 주었다
바람도
외로운 바람이었다

김명수(충남문인협회회장 역임) 시집『질경이 꽃』출판
기념을 축하하며(대전 태화장, 1987. 7. 16.)

나사렛대 최고경영자과정 상임고문시 파워스핏치 강사로 초청한 성우
배한성씨를 소개하고 있다.(천안국제비즈니스센터 능수버들웨딩홀,
2013. 1. 3.)

중국 장가계 여행시 보봉호 유람
선을 아내(김은숙)과 함께 즐기
며 소동파 한시 적벽부 "청풍은
서래하고 수파는 불흥이라…"
읊어보았다. (2014. 4. 9.)

제2회 나태주풀꽃문학제 오픈식 캐리그라퍼 청보리 김순자 퍼포먼스
영상촬영을 마치고 기념촬영. (공주나태주풀꽃문학관, 2019. 10. 19.)

나태주 생가 시비제막식(서천군 기산면 막동리 24번지)을 축하하며
(2023. 8. 25.)

신문예 연합총회 송년. 시상식 이근배(저자와 당진시 같은 동향)시인 수상을 한국문인협회 김호운(소설) 이사장님과 함께 축하하며(프레스센터, 2024. 11. 29.)

| 미술활동

저자를 일찌기 추상화로 이끌어 주신 류경채(서울대 교수, 예술원 회장) 화가님이 이끄는 창작미술협회 전시를 축하하며, 한국문화예술진흥원 미술관(대학로, 1992. 9. 18.)

침묵적 웅변과 안창모 예술의 발정
(김수임의 오페라무대를 제의함)

안창모 Chang Mo An

· 새천년 이미지모색 100호전
· 바람과 만나는 생명의 깃발전
· 2006 충남 현대미술작가회 기획전
· 2007 18회 허균문화예술상, 미술본상 수상
· 2011 천안 갤러리아 시티센터 기획 초대전
· 2011 5회 안창모 서양화 개인전
· 도솔미술대전 운영위원/황조근전 훈장 수상
· 現) 2011 한국 전업 미술가 협회 충남지회 자문위원
· 한국미술협회 회원
· 충남미술대전 초대작가

런던 사치갤러리에서

전시장소가 한방종합병원(원장 안택원)이라고 들었을 때 서예나 동양화의 족자라면 모르되 한 두 점도 아니고 족히 수 십 점이 넘을 그 많은 유화를 한의원 어디에다 걸었다는 것일까. 도무지 아리송하고 의아스러웠다. 연기문학 전 회장이고, 안창모 화백과도 절친한 최광식이 약속된 시간에 나를 데리러왔다. 운전하는 내내 누에꼬치에서 실이 뽑혀 나오듯 이어지는 최광식의 다양한 소재의 이야기에 빨려 들다보니 목적지에 당도한 것도 몰랐다.

"선생님 다 왔습니다"
"벌써?"
최회장의 부축을 받으며 차에서 내린 나는 이게 꿈인가 생시인가 벌린 입이 다물어지지 않았다. 중세의 성곽 아니면 12, 13세기 그 무렵에 세워진 사원에 와있다는 느낌이다. 쏟아지는 빗속에서 바라다보던 런던탑의 그 음산함. 도대체 누구의 작품일까? 세상은 온통 휘황찬란한 네온사인과 번쩍번쩍 요동을 치는 전광판이 서울이건 시골이건 사람의 혼을

글 김제영(소설가)

쑥 빼버리는 세상에… 이런 안식처가 존재하다니….
잿빛 일색의 외벽은 어둡고 음침하고 중압감을 주는데 총체적 분위기가 빚어내는 건물의 광연한 위용은 인간에게 긍지를 일깨우는 듯 건축물의 분위기는 성찰적이다. 건축의 어두운 인상에 변화의 포인트가 외부에서 잘 보일 수 있는 중간층의 옥내정원이다. 술내음이 대로변에까지 번저

희양계곡

음악저널 2011년 9월 216호에 특별 아티스트로 5page 기고로 참여하였다.